EL BARCO

Pupi y el misterio de Nefertiti

María Menéndez-Ponte

Ilustraciones de Javier Andrada

Primera edición: mayo de 2013
Tercera edición: abril de 2014

Dirección editorial: Elsa Aguiar
Coordinación editorial: Gabriel Brandariz
Ilustraciones de Javier Andrada

© del texto: María Menéndez-Ponte, 2013
© de las ilustraciones: Javier Andrada, 2013
© Ediciones SM, 2013
   Impresores, 2
   Urbanización Prado del Espino
   28660 Boadilla del Monte (Madrid)
   www.grupo-sm.com

ATENCIÓN AL CLIENTE
Tel.: 902 121 323
Fax: 902 241 222
e-mail: clientes@grupo-sm.com

ISBN: 978-84-675-5207-2
Depósito legal: M-10138-2013
Impreso en la UE / *Printed in EU*

Cualquier forma de reproducción, distribución,
comunicación pública o transformación de esta obra
solo puede ser realizada con la autorización de sus titulares,
salvo excepción prevista por la ley. Diríjase a CEDRO
(Centro Español de Derechos Reprográficos, www.cedro.org)
si necesita fotocopiar o escanear algún fragmento de esta obra.

*A Marta Aramendía,
que amadrina a Pupi en sus actos sociales
con tanto cariño y dedicación.*

Lamberto, un tío de Nachete
que es arqueólogo, acaba de regresar
de una expedición en Egipto.
Pupi y su sobrino escuchan fascinados
sus aventuras en las tumbas situadas
en el Valle de los Reyes.
Su trabajo consistía en descubrir
si una de las tres momias
que acababan de encontrar allí
era la de Nefertiti.

–¿Y quién era esa *Nefritis*?
–se interesa Pupi.
 –Era una reina egipcia bellísima
que estaba casada con un faraón
llamado Akenatón.
Mirad, esta es su efigie
–les muestra una foto.

—Tiene la *ojera* un poco rota
—comenta Pupi, decepcionado.

—Sí, la oreja está un poco rota,
pero esta talla es la representación
mejor conservada.
Casi todas las demás
han sido destrozadas,
lo mismo que su momia.

–¿Y quién las ha *rompido*,
un *gipciano* en minifalda?
 –Creemos que pudieron ser
los sacerdotes que en aquel tiempo
estaban encargados de guardar las tumbas.

–¡Qué *cerdotes* más malos!
–Pero ¿por qué lo hicieron?
–quiere saber Nachete.
–Porque Akenatón,
apoyado por su esposa Nefertiti,
dictó unas leyes
que perjudicaban a los sacerdotes
y que levantaron muchas ampollas.
Por eso les tenían tanta manía
a estos faraones.

–¿Y no pudieron ser
unos ladrones de tumbas
los que destrozaron la momia?
–apunta su sobrino,
que no quiere dejar ningún cabo suelto.

–Que no, Nachete,
¿no ves que los *cerdotes* odiaban al *farón*
por haberles hecho *cebollas*?
–le responde Pupi.

El tío Lamberto se parte de risa con su explicación.

–Tiene razón Pupi: no fueron ladrones de tumbas.

–¿Pero cómo lo sabéis? ¿Sois detectives? –pregunta sorprendido Nachete.

–Algo así, sobrino.
Si hubieran sido ladrones,
hubieran robado las joyas de Nefertiti,
y estaban todas en su tumba.
En cambio, le destrozaron la boca.

–Jopeta, ¿y por qué le hicieron esa *borriquinada*? –se asombra Pupi.
–Pues porque así no podía entrar en el reino de los dioses. Y eso era lo más terrible que le podía ocurrir a un egipcio. Encima, para que nadie supiera que se trataba de la reina Nefertiti, la arrojaron a una tumba anónima sin inscribir su nombre.

—Y si no tenía nombre,
¿cómo podéis saber que es Nefertiti?
—razona Nachete.

–Tenemos algunas pistas.
La momia tiene dos agujeros
en el lóbulo de la oreja,
algo que solo llevaban
las mujeres de la realeza.
Además, su cabeza estaba afeitada,
como la llevaba ella,
y, por si fuera poco,
oprimida por el peso de la corona.

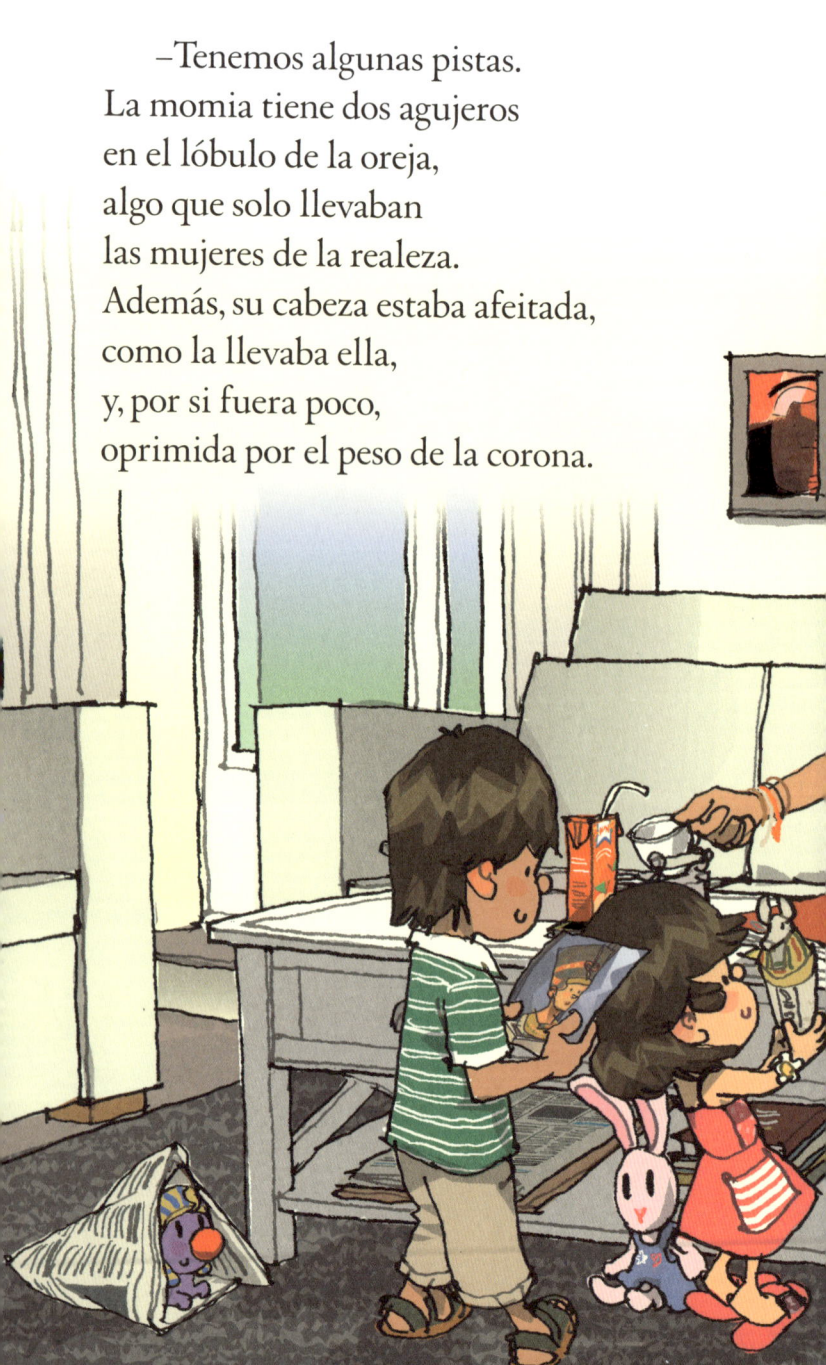

–¡Jopeta, sí que debe de pesar esa corona!
–exclama Pupi con los ojos como platos–.
Menos mal que yo tengo antenas,
que no pesan nada.

Tanto él como Nachete
están interesadísimos en las historias
que les cuenta el tío Lamberto
y no se cansan de contemplar
los vídeos y las fotos de la bella Nefertiti
mientras asimilan toda esa información.

No saben que alguien más
los está observando a través de la ventana
con un interés desmedido,
aún mayor que el suyo.
Alguien fascinado
con la belleza de la reina egipcia
que, además, quiere robar su momia
para fastidiarle la investigación
al tío Lamberto.

   El resto de la tarde
lo pasan jugando a ser egipcios.
Nachete quiere que su hermana Elisa
sea Nefertiti. Ella está encantada
de ser una reina y se deja vestir con una sábana,
un collar que le cogen a su madre,
una cacerola en la cabeza a modo de corona
y una escoba como cetro.

   –¿A que eztoy muy guapa?
–les pregunta constantemente

¡Menudo pote se da sentada en su trono!
¡Y lo contenta que va cuando la llevan
a la silla de la reina a contemplar
la construcción de las pirámides!
El drama viene cuando le dicen
que tiene que morir para poder convertirla
en momia y meterla dentro de la pirámide
que han construido con sillas,
cojines y almohadas.

—No, no quiero zer una momia. Laz momiaz zon muy feaz.

—¡Qué va, Nefertiti fue una momia muy guapa! —trata de convencerla Nachete.

—Vas a ser la momia más guapa del mundo mundial mundialísimo —le asegura Pupi.

Por fin accede a ello.
Pero, mientras su hermano y Pupi
la vendan con papel higiénico,
no para de hablar, de moverse
y de abrir los ojos.
Su hermano se enfada con ella
y Elisa se pone a hacer pucheros,
está a punto de llorar.

–Es que si no estás bien *morida* no te podemos enterrar en la pirámide –le dice Pupi, conciliador–. Mira cómo me *moro* yo, ¿lo ves?

Por fin consiguen enrollarle
todo el cuerpo con el papel higiénico
y meterla dentro de la pirámide.
Pero cuando los hermanos de Nachete,
que son los sacerdotes, empuñan sus armas
y dan unos gritos espantosos,
Elisa se pone a llorar, aterrada.

También Pupi está muy asustado:
su botón parece una lombarda
y sus antenas se ponen
a girar descontroladas,
convirtiendo el cuarto de juegos
en un auténtico caos.

La pelota bota de un lado para otro
como un saltamontes endemoniado.
Las muñecas de Elisa vuelan
como si fueran Superman,
chocando contra ellos
si no se apartan de su camino.
Los dinosaurios de Nachete
corren enloquecidos delante de los coches,
que quieren atropellarlos.
Los clicks tratan de ponerse a salvo
trepando por las cortinas.

Cuando entra la madre de Nachete
y ve todos los juguetes revueltos por el suelo
junto con las sillas, almohadas y cojines,
se enfada un montón.

–Pero ¿a qué diablos estáis jugando?
¡Madre mía, vaya cisco habéis armado!

–A los *gipcianos* –le informa Pupi.

Elisa sale de debajo de los cojines, dejando tras ella una estela de papel higiénico, y se abalanza a los brazos de su madre.
—No quiero zer una momia, mami. Quiero zer la reina Frititiz.

El tío Lamberto,
que también ha acudido al oír los gritos
y el llanto de su sobrina,
se lleva un buen rapapolvo
de su hermana.

–¡Mira la que han montado!
La culpa es tuya por alentar su imaginación
con todas esas historias que les cuentas.
No quiero volver a oír a hablar
de momias en esta casa, ¿me oyes?

Pero el deseo de la madre de Nachete no va a ser posible. Al día siguiente, el tío Lamberto da vueltas por la cocina fuera de sí, sin cesar de repetir:
—No puede ser, no puede ser, no puede ser...

—¿Qué pasa?
—le pregunta Nachete,
que acaba de entrar con Pupi.
—¡Han robado la momia
de Nefertiti! —exclama desesperado.
Pupi se pone muy nervioso.
—¡*Coscorro, coscorro*,
han *borrado* a la *mema* de *Nefritis*!

Nachete, que no quiere llevarse
otra regañina de su madre,
trata de calmarlo para que no provoque
una nueva catástrofe.
Pupi se tranquiliza con sus palabras,
pero al que es imposible apaciguar
es al tío Lamberto.

–¡Es inaudito! ¡Inaudito!
Y lo más extraño de todo
es que alguien ha sustituido
el nombre de Ramsés, que está escrito
en casi todos los monumentos,
por el de Nefertiti.
También se ha corrido la voz
de que Akenatón ha resucitado.
Al parecer, muchos aseguran haberlo visto,
aunque eso yo no me lo creo.
Seguro que es un bulo que han hecho correr
para confundir a la gente.
Estoy convencido de que es alguien
que quiere echar por tierra
nuestra investigación.
¡Después de tantos años de trabajo!

—Tenemos que ayudar a tu tío
a descubrir a los *secretostadores*
de la *mema Nefritis*
—le sugiere Pupi a su amigo.

Nachete está de acuerdo con él,
y los dos deciden partir en la nave
hacia Egipto, sin tiempo que perder.
Pero cuando están a punto de salir de casa,
Elisa se agarra al pantalón de su hermano
y declara:

—Yo voy con vozotroz.

—No, no puedes venir, Elisa,
porque vamos a buscar una momia
y a ti te dan miedo
—le responde su hermano, desesperado.
 —Mamá ha dicho
que no podemoz hablar de momiaz,
y zi no me lleváiz con vozotroz,
voy y me chivo —le planta cara.

–Si ves una momia de verdad,
vas a tener pesadillas todas las noches.
　–Sí, como nos pasó a nosotros
con los *pampasmas*,
que nos dieron *patatas* en los *botillos*
–corrobora Pupi, que no tiene nada claro
lo que es una pesadilla.

Pero a Elisa ninguna de esas amenazas
la hace renunciar a su idea de acompañarlos.
–¡Quiero ir, quiero ir y quiero ir!
–insiste alzando cada vez más la voz.
Nachete le pone la mano en la boca
al escuchar los pasos de su madre.
Si los pilla, no podrán ayudar al tío Lamberto
a encontrar la momia.

–Chiiist –la manda callar.
–¿Me lleváiz? –vuelve ella a la carga.
Nachete se ve acorralado.
Sabe que si ella se pone a gritar,
su madre no los dejará ir,
así que accede a regañadientes.
–Está bien, pero no puedes gritar
ni quejarte: es una misión muy importante.

Los tres corren al rincón del jardín donde Pupi ha dejado su nave.

–¡*Cataclás, cataclás*, a los *gipcianos* irás! –grita.

La nave se pone a brillar
con la orden de su dueño,
y nada más meterse los tres niños dentro,
sale disparada rumbo a Egipto.

–Mirad, nubez de azúcar gigantez
–grita Elisa entusiasmada
al contemplar las nubes rosas
que se deshilachan en un cielo color malva.

–Esas nubes no son de azúcar, Elisa.
Están hechas de gotitas de agua
–le aclara Nachete.

Elisa no está para nada de acuerdo
con la información, ya que no ve las gotas
por ninguna parte. En vista de ello,
su hermano le da una explicación más larga
para tratar de convencerla,
muy científica pero excesivamente
complicada para su corta edad.

–Puez laz nubez blancaz
zon laz almohadaz de loz angelitoz.
No pueden eztar mojadaz –le rebate ella.

Nachete se arma de paciencia
para explicárselo de nuevo.
Pero, después de un buen rato
tratando de persuadirla sin conseguirlo,
está a punto de perderla.
Por suerte, Pupi evita que la discusión
llegue a mayores al advertirles:

—Agarraos, que estamos a punto
de *aterrorizar*.

No resulta fácil hacerlo
en un terreno tan montañoso.
Pupi hace todo lo posible
para suavizar el aterrizaje.
Pero la nave, al posarse en el suelo,
levanta una enorme polvareda
que les impide ver nada.

—Mira, Pupi, una tormenta de arena
—comenta Nachete, preocupado.

—No te *puercupes,* es un *polvorón guisantísimo*
—le responde él.

Efectivamente, cuando salen de la nave,
ya no hay ni rastro de la polvareda.
Pero la intensa luz les obliga
a guiñar los ojos, y los tres acusan
la tremenda bofetada de calor
que reciben en sus caras.

—Vamoz a la zombrita,
que me derrito —se queja Elisa.
  Pero en el Valle de los Reyes,
que es donde han aterrizado,
no hay ni una sola palmera:
se encuentran en medio del desierto.
  —Si estuviera Aloe,
podería hacer un árbol con su flauta
—comenta Pupi.

—Puez llámala para que venga, Pupi.
Tengo muchízimo calor.

El primer impulso de Nachete
es recordarle que ha prometido no quejarse,
pero la verdad es que tampoco él
aguanta ese calor implacable que cae a plomo
sobre ellos y les exprime toda el agua
que tienen en su cuerpo.

–Seguro que a Aloe le gustaría vivir esta aventura –comenta.

Pupi está de acuerdo con él, y le falta tiempo para enviarle señales a través de sus antenas. Por espacio de unos segundos, permanece tremendamente concentrado. Y por fin exclama:

–¡Qué *superestupenfástico*, sí puede venir!

Apenas transcurren unos minutos
desde que Pupi le ha enviado el mensaje
hasta que su amiga verderola
se presenta en el Valle de los Reyes.
Los dos han descubierto
un túnel interespacial que comunica
el Ecoplanet con la Tierra,
por el que Aloe se desliza en su pedaldós
en menos de lo que tarda un niño
en bajar por el tobogán.

Sus amigos le piden que les haga
el ansiado árbol para cobijarse,
ya que les resulta imposible
dar un paso más con ese sol abrasador
que les tuesta el cogote
y les reblandece el cerebro.
Y eso que aún no es mediodía.

Aloe se lleva la flauta a los labios
y la hace sonar con tal delicadeza
que da la impresión de ser
una canción de cuna
susurrada por el viento.

Y de pronto,
de la tierra surge un tronco
de palmera que gira sobre sí mismo
como una peonza.

A medida que crece,
le van saliendo hojas enormes,
tan frescas y jugosas que hasta pulverizan
gotitas que caen sobre ellos
como una fina lluvia.

–¡Bieeeen, una *palmatoria* con *trucha*!
–grita Pupi, entusiasmado.
 –Sí, una palmera con ducha
–se suma Nachete, riéndose de felicidad.
 Pero su sorpresa aún es mayor
cuando ven que la palmera puede moverse.
 –¡*Jocomola*, es una *palmatoria transportera*,
como la *montamañana* de mi *plataneta*!
–exclama Pupi, muy excitado.
 Y para comprobarlo,
se pone a correr en dirección
a las tumbas de los faraones.
Los demás le siguen
con la palmera pegada a ellos
y rociándolos de agua fresca.

—¿Por qué corren todoz los zeñorez? —pregunta Elisa al ver a una multitud de gente saliendo del recinto de las tumbas en tromba.

—Irán a refugiarse del calor —razona Nachete.

—¿Qué gritar? —pregunta Aloe—. Aquino 1 + Ton 2 = «Aquí no Ton». ¿Quién es Ton?

—¡Están gritando el nombre de Akenatón! —exclama Nachete.

—¡*Coscorro*, *Aquí no Ton* ha *resurgitado* y nos quiere *zampullar* —grita Pupi, asustado.

Todos salen corriendo
hacia el interior de una de las tumbas.
Dentro de aquel estrecho pasadizo,
el calor es agobiante, claustrofóbico.

–Tengo miedo, eztá muy ozcuro
–lloriquea Elisa.

–Ni miedo 1 ni miedo 2.
Con mi flauta guío yo –canturrea Aloe.

Pero en ese momento ven deslizarse
una sombra por la pared.

–¡Es un *farón* en *minifalda*! –grita Pupi.

Su botón está al rojo vivo.
Y gracias a él, se ilumina todo el pasadizo
dejando a la vista una serie de sarcófagos.
  –¡La momia de *Frititiz*!
–chilla Elisa, aterrorizada, señalándola.
  Y nada más decirlo,
la momia se incorpora
del sarcófago donde se encuentra,
mostrándoles la espantosa
cavidad de su boca.

–¡*Coscorro, coscorro,*
la *mema* de *Nefritis* nos quiere *zampullar*!
grita Pupi moviendo las antenas
como un radar descontrolado.

Y organiza tal tornado
en aquel estrecho pasadizo,
que todos ellos son expulsados al exterior,
incluidos la momia y el faraón.

Cuando aterrizan,
se dan cuenta de que el faraón
no es otro que el mago Pinchón,
que se ha quedado atrapado
en lo alto de la palmera.

A toda velocidad, Aloe toca su flauta
haciéndola crecer sin parar.
Pinchón grita desesperado:
 –¡Stupidigusani, cernícali,
banditi, barbari, robamomias!
Me han robato la mía momia,
la mía amata. Necesito il suo abrazo.
Il mío cuore ha cessato di battere sin ella.
Pero il suo nome permanecerá
en tutti li monumenti.

—¡Chínchate una piña
y cómete una rabiña, mago Pinchón!
¡Ya no podrás *borrar* la *mema* de Nefritis!
—exclama Pupi.

Y justo en ese momento llega la policía,
que ha sido advertida por los vigilantes
de las tumbas, los vendedores
y todos los turistas que han dado fe
de haber visto a Akenatón en persona.

Entre Nachete y Pupi les explican por gestos, y en una mezcla de inglés, español y palabras de la cosecha de Pupi, que el faraón no es otro que un suplantador.

El mago Pinchón no opone resistencia
a que la policía lo detenga,
una vez que Aloe ha reducido la palmera
a tamaño bonsái, pero sí se resiste,
cual gato panza arriba,
cuando tratan de llevárselo de allí.
   –¡É mía! ¡Nefertiti é la mía amata!
¡É la mía ánima gemella! ¡É bella, bellísima!

–¡Qué azco, zi ez horrenda!
–exclama Elisa, espantada.

–Horrenda 1 y sin vida 2
–canturrea Aloe.

–El mago Pinchón se ha *namorado*
de la *mema* de *Nefritis* –concluye Pupi.

–Sí, se ve que le gusta
todo lo que es espantoso como él
–razona Nachete.

A pesar de su férrea resistencia,
la policía consigue llevárselo de allí.

–¡Vendetta! ¡Me la pagarái,
mercaderi di momia!

Pero ni Pupi ni sus amigos
hacen caso de sus palabras,
ya que están siendo aclamados
como héroes por haber descubierto
todo el pastel, y un enjambre de periodistas
esperan a entrevistarlos
mientras los fotógrafos disparan
una foto tras otra.

La más encantada es Elisa,
que no para de decir:
—Vamoz a zer famozoz.
Por el contrario,
a Nachete le preocupa
que su madre descubra
que durante todo este tiempo
no estaban jugando en el jardín,
sino resolviendo un importante caso
en Egipto. Solo espera que su tío,
que se pondrá contentísimo
de que hayan recuperado la momia,
interceda en su favor.

TE CUENTO QUE A JAVIER ANDRADA...

... un amigo que se llamaba como él le contagió su pasión por el mundo de los «gipcianos en minifalda». A Javier le entusiasmaban tanto los jeroglíficos que decidió crear su propia escritura. A base de simbolitos y dibujines chiquititos, intentó crear un lenguaje en código que solo entendiesen él y sus amigos. Pero cuando se puso a ello, se dio cuenta de que era una tarea tremendamente complicada. No solo había que inventar nuevos signos: también había que recordarlos todos. Para escribir cualquier tontería necesitaba más tiempo que para toda una redacción de la clase de Lengua... Después de un rato intentándolo, se quedaba más seco por el sobreesfuerzo que la momia de «Nefritis».

Javier Andrada vive en Barcelona y trabaja como ilustrador para varias editoriales de prestigio. Sus ilustraciones aparecen tanto en novelas como en libros de texto, cuentos, pictogramas y clásicos adaptados. Ha desarrollado proyectos para publicidad y para teatro infantil diseñando escenografías; también imparte talleres de ilustración para niños y desarrolla su trabajo como pintor.

TE CUENTO QUE MARÍA MENÉNDEZ-PONTE...

... un día, a la vuelta del cole, vio en el jardín de su casa una especie de tumba hecha con tierra. Preocupada, le preguntó al jardinero y este decidió gastarle una broma: le dijo que debajo de la tierra había enterrada una momia que habían encontrado y que vendrían a recogerla del ayuntamiento. A María, aquello le dio un miedo horrible. Días después, al ver que la «momia» seguía allí enterrada, le preguntó a su madre, que le explicó toda la verdad. Lo que había allí enterrado era un busto de piedra del apóstol Santiago que habían comprado para poner sobre la repisa de una lareira. Lo habían enterrado para envejecer un poco la piedra y que cogiera una pátina más dorada. Igual que Pupi y Nachete, María la lio más de una vez con sus juegos. Una vez se metieron en la ría, completamente vestidos, para cazar cocodrilos en el Nilo, como siglos antes hacían los egipcios, y en otra ocasión gastó rollos y rollos de papel higiénico, pero no para convertir a alguien en momia, como has podido ver que le ha ocurrido a la pobre Elisa en este libro, sino para alfombrar el castillo de una princesa. A imaginación no hay quien gane a María.

María Menéndez-Ponte nació en A Coruña. Ha escrito más de trescientos textos, entre cuentos y novelas, para niños y jóvenes. En 2007 recibió el Cervantes Chico, uno de los premios más prestigiosos de literatura infantil y juvenil.

¿TE HAS QUEDADO CON GANAS DE SABER MÁS COSAS SOBRE EL PAÍS DE LOS FARAONES? PUES EN ESTOS LIBROS, **DIARIO DE UN NIÑO EN EL ANTIGUO EGIPTO** Y **ANTIGUO EGIPTO**, podrás encontrar un montón de datos y curiosidades.

ANTIGUO EGIPTO
Varios autores

DIARIO DE UN NIÑO EN EL ANTIGUO EGIPTO
Varios autores

¿QUIERES MÁS MOMIAS? NO TE PIERDAS **EL SECRETO DE LA MOMIA** Y **PABLO DIABLO Y LA MALDICIÓN DE LA MOMIA.** Dos libros llenos de aventura, humor y... momias.

EL SECRETO DE LA MOMIA
Mary Pope Osborne
EL BARCO DE VAPOR, SERIE AZUL,
LA CASA MÁGICA DEL ÁRBOL N.º 3

**PABLO DIABLO
Y LA MALDICIÓN DE LA MOMIA**
Francesca Simon
EL BARCO DE VAPOR, SERIE AZUL,
PABLO DIABLO N.º 8